AF249476

L'AMNISTIE

LETTRE

A MONSEIGNEUR DUPANLOUP

PAR

F. MALAPERT

50 centimes.

PARIS

ARMAND LE CHEVALIER, ÉDITEUR

61, RUE RICHELIEU, 61

—

1871

AMNISTIE !

A MONSEIGNEUR DUPANLOUP

ÉVÊQUE D'ORLÉANS

MEMBRE DE L'ACADÉMIE FRANÇAISE, DÉPUTÉ AU CORPS LÉGISLATIF

MONSEIGNEUR,

Je viens solliciter votre intervention en faveur d'une amnistie qui s'étendrait à tous les fauteurs des dernières insurrections, excepté aux inculpés d'assassinat ou d'incendie.

Les prisonniers faits par l'armée régulière dans les tristes événements de la Commune n'ont point encore été relâchés. Ils sont dans des forts ou des pontons, soumis au régime militaire, séparés du monde entier. Ces malheureux, privés de la liberté depuis déjà plusieurs mois, n'ont de consolation que dans leurs rêveries. Leurs qualités natives ou acquises se perdent dans l'inaction. Les jours, les semaines, les mois se passent dans cette oisiveté déplorable. Cependant il y a là-bas des artistes remarquables et certainement des ouvriers habiles dont les facultés s'atrophient. Quand les portes seront ouvertes, l'artiste aura perdu son génie, étouffé par ses larmes ou sa colère, l'artisan ne saura plus manier ses outils. Au-dessus de ces considérations, l'humanité revendique ses droits et nous montre plus de trente mille individus réduits au désespoir qui abat les esprits faibles, surexcite les indomptables. La justice est lente pour prononcer sur le sort de ces infortunés ; elle marche avec prudence, ce dont on ne saurait la blâmer. Il faut la louer de ne pas agir sans discernement et de chercher patiemment la vérité pour mesurer les peines sur les actions, afin de rendre à chacun la part que chacun mérite.

On a déjà apprécié les jugements des conseils de guerre, les arrêts de nos Cours. Certains chefs de l'insurrection ont été acquittés, par des raisons sagement pesées dans la conscience des magistrats ; d'autres chefs ont été condamnés à quelques jours ou à quelques mois d'emprisonnement. Ainsi parmi les grands coupables, il y a eu des excusables, dignes du pardon, ou bien quelques fous dont les actes méritaient une correction de quelques jours : un simple avertissement. Ces organisateurs de la lutte sont libres aujourd'hui, le vulgaire des prisonniers reste sous les verrous en attendant l'heure de comparaître devant un tribunal. Des hommes mal inspirés, dont la conscience est faussée par la colère, ont osé proposer de faire la proscription en masse et de condamner, sans les entendre, tous les détenus à la déportation dans une île lointaine.

L'histoire a horreur des répressions violentes ; elle enregistre avec douleur les exécutions, les réactions des partis. L'Église catholique a justement flétri les persécuteurs des chrétiens ; les évêques des Gaules ont été célèbres pour avoir refusé de punir cruellement les hérétiques. Le plus beau titre de gloire de saint-Hilaire est d'avoir protesté à l'endroit des persécutions dirigées contre les Pélagiens. Saint Martin est glorifié pour avoir refusé de participer à la condamnation des Priscillianistes. Nos chefs ecclésiastiques se firent toujours un devoir d'intervenir lors des séditions, et de calmer les fureurs d'un vainqueur orgueilleux. Nous avons plus d'un exemple de leur immixtion dans ces matières et de l'heureuse influence de leurs exhortations ou leurs prières. Nous en choisirons un, justement demeuré dans la mémoire des hommes :

Au bord de la Méditerranée, adossée aux montagnes de la Macédoine, où elle s'élève en amphithéâtre, est la ville de Thessalonique ou Salonique, la rivale de Constantinople. La nature a tout fait pour le paysage. D'un côté sont des sommets élevés perdus dans les nuages, de l'autre la mer de l'archipel, bleue comme le ciel le plus pur, transparente comme l'air du matin aux premiers rayons de l'aurore. Les fruits de la terre croissent sans culture ; les fruits des eaux, poissons ou coquillages, sont à la portée de tous.

La nourriture est abondamment fournie à tous les enfants de ce paradis terrestre, où tout est réuni, même des sources d'eau chaude à côté des fontaines les plus fraîches.

La ville a conservé des monuments des plus anciens âges, mêlés pour l'agrément des yeux, avec des constructions de l'époque des croisades.

Thessalonique a des arènes du temps des Romains ; elle a le château des sept tours comme si elle était la capitale du Bosphore.

Les rois de Macédoine successeurs d'Alexandre y fixèrent leur séjour ; les empereurs de Constantinople la créèrent capitale d'un royaume feudataire. Le grand marquis Rénier de Montferrat, fut roi de ce territoire, pour lequel il abandonna sa brillante Italie et ses prétentions à l'empire d'Allemagne. Les nobles de Venise passent pour avoir délibéré sur la question de savoir s'ils ne porteraient pas dans ce pays leurs institutions et leur fortune.

Les habitants de Thessalonique sont paresseux, mobiles comme les Lazzaroni napolitains. Si nous ne connaissons pas bien l'histoire de leurs séditions, c'est qu'elles ont été le plus souvent, en ces derniers siècles, favorisées par les monarques européens intéressés à cacher leur participation à des troubles politiques.

Sous Théodose le Grand, Thessalonique était gouvernée par un général, appelé Botheric, homme ferme, sérieusement décidé à faire son devoir, mais un peu dur de caractère. Un cocher du cirque fut, sur son ordre, arrêté et jeté en prison.

Le jour des courses après cette arrestation, le peuple demanda la liberté de ce cocher, fort admiré de la foule. Botheric refusa de céder aux clameurs ; les gardes de service voulurent mettre l'ordre, des querelles particulières survinrent, ce fut le signal d'une révolte ; alors on ne faisait plus ou pas encore de révolutions.

L'armée vaincue céda devant l'insurrection victorieuse. Botheric et ses principaux officiers furent massacrés. Leurs cadavres odieusement mutilés furent traînés cruellement dans les rues.

La ville étonnée de sa victoire ne sut point en user pour raviver les libertés municipales ou pour créer un autre empereur. L'armée revint. La ville entière avait participé au forfait, Théodose résolut de la punir en masse ; c'est pourquoi la nouvelle garnison fut composée de cohortes de Barbares. On dit que l'empereur hésita à poursuivre l'œuvre de vengeance, mais que son ressentiment fut ravivé par les excitations de son ministre Rufin, qui lui fit signer des ordres d'extermination.

Un jour où le peuple de Salonique s'était tout entier porté au cirque pour y voir une course de chars, tout à coup le théâtre fut cerné par les soldats, qui à un moment donné se précipitèrent sur les spectateurs. Trois heures durant, le carnage continua sans interruption ni lutte. Le peuple désarmé ne se défendait pas contre les glaives de ses bourreaux. Les historiens sont en désaccord sur le chiffre des morts de ce désastre. Suivant les moins exagérés, sept mille victimes périrent ainsi par la lâche et criminelle machination d'un empereur.

Théodose vivait alors à Milan où il était souvent visité par saint Ambroise, l'évêque miraculeusement élu. Ce prélat en apprenant le massacre de Salonique, se retira à la campagne, d'où il écrivit à l'empereur une lettre pour l'exhorter à la pénitence. Il remarquait que les ordres de massacre étaient abominables, que les détails de l'exécution étaient horribles. Il y avait eu en effet de ces infamies que la soldatesque en fureur commet dans toutes les villes emportées d'assaut.

On disait que les chefs avaient dit à leurs soldats : Tuez-en le plus que vous pourrez. Chaque soldat prétendait avoir un compte de têtes à présenter, le tout par ordre exprès de l'empereur.

Théodose fut-il vraiment ému de la lettre de saint Ambroise, nous n'en savons rien. Mais le temps des Pâques étant arrivé, l'empereur voulut se présenter à la cathédrale pour y faire ses dévotions. Saint Ambroise averti, revêtit ses habits pontificaux, prit son bâton pastoral, et avec son clergé vint sous le portique de la cathédrale où il arrêta l'empereur, en lui déclarant que le repentir de son crime ne suffirait pas à l'expier, qu'il fallait y joindre une pénitence publique.

Théodose le Grand obéit à son évêque et fut ainsi, disent les historiens, digne d'être admiré, malgré ses forfaits. Si je n'ai pas d'admiration pour lui, j'en ai certainement pour l'archevêque.

Ne disons pas que les évêques doivent être insensibles aujourd'hui au malheur des insurgés, parce que ces infortunés ont attaqué les dogmes de l'Église, persécuté les disciples du christianisme.

Saint Ambroise savait que toutes les hérésies avaient de nombreux sectaires dans toutes les villes d'Orient, où l'imagination pervertie par la paresse aime à errer dans les spéculations philosophiques ou religieuses. Il savait que les hétérodoxes sont souvent persécuteurs, et le souvenir des violences de l'Arianisme était encore présent à la mémoire des hommes. Mais il continuait la noble tradition qui fait prier le Christ pour ses bourreaux, au dernier moment de la vie.

Monseigneur,

Il n'était pas besoin d'exemples pour inciter votre zèle. Tout un peuple gémit et souffre, votre cœur saigne devant ce torrent de larmes. Excusez-moi de ne pas continuer à invoquer l'autorité des sentiments religieux, je m'arrête par convenance. Je n'ai fait que prier, je n'ai point eu la prétention de vous adresser une remontrance ou même de vous donner une leçon. Les évêques sont, dans votre doctrine, au-dessus des laïques, pour les matières religieuses ; les profanes n'ont point à traiter de semblables sujets. Je cesse donc de montrer les précédents, et je reprends mes supplications.

Vous êtes évêque, pasteur de brebis égarées, chef d'un troupeau dispersé. Ramenez les ouailles au bercail, bon pasteur ; prenez-les sur vos épaules ; sauvez-les, et quand bien même vous ne trouveriez pas une seule âme reconnaissante, vous aurez accompli une œuvre méritoire pour vous autant que glorieuse devant le ciel et la terre.

Vous êtes évêque et député, Monseigneur. Je viens de m'adresser à votre première et indélébile qualité ; permettez-moi de parler à la seconde.

Les délégués du peuple ne sont pas chargés de le décimer. Lorsque, dans un esprit de parti, ils se sont laissé prendre à la colère et ont fait ou souffert des massacres, leur mémoire en a été souillée. Rappelons-nous les horreurs de la Ligue et celles de la Convention avant et après thermidor. L'abbé Grégoire, un de vos illustres prédécesseurs, évêque et député comme vous, n'a jamais pu échapper aux reproches qu'on lui a faits de ne pas avoir donné sa démission. Les députés de 1815 sont solidaires devant l'histoire, des crimes des Verdets et autres assassins catholiques.

Un député de l'Assemblée nationale est de beaucoup plus important que le député de 1815. A cette époque, il y avait le roi inviolable et sacré, la Chambre des pairs, une famille royale. L'élu du peuple n'avait pas un rang élevé dans la hiérarchie des pouvoirs. Vous, messieurs de Versailles, vous avez usurpé la souveraineté. Nommés pour faire la paix, vous vous êtes imposés comme constituants, sans fixer de limite à vos attributions dans leur étendue ou leur durée. Tout le bien qui sera fait par vous, vous sera justement attribué, mais vos usurpations vous rendent responsables de la moindre négligence, de la plus légère violation du droit. La responsabilité des membres de l'Assemblée en général est évidente; quant à vous qui avez une place particulière, acquise par vos études, votre activité, votre énergie, vous êtes sur un piédestal. Je vous salue, théologien savant, orateur et patriote; j'aimerais à dire démocrate progressiste: malheureusement, je ne le puis.

Vous êtes le centre d'un parti d'hommes intelligents, doctrinaires, imbus d'idées préconçues mêlées de libéralisme politique et d'intolérance sur la philosophie, la religion et l'économie sociale. Votre expérience de l'histoire calme chez vous et les vôtres les terreurs qui gagnent les sots. Vous ne redoutez pas les folles théories, vieilles comme Adam et toujours dites idées nouvelles. Il n'y a pas un siècle de la vie de l'humanité dans lequel il n'ait été question de changer toutes les conditions de la vie sociale, vous le savez mieux que moi. Et la foule des malheureux suit toujours aveuglément les réformations intelligentes ou imbéciles. Tel a été le mobile de la révolte des Ilotes de la Messénie contre Sparte, de celle des esclaves avec Spartacus contre Rome et de.... je m'arrête pour ne pas citer le discours de Tibérius Gracchus sur les lois agraires, discours si bien reproduit dans l'Evangile et mis par saint Luc dans la bouche de Jésus-Christ, parlant sur la Montagne.

A côté des prédicateurs convaincus, il y a toujours eu deux catégories d'individus qu'il convient de séparer quand on veut apprécier leurs actes. Il y a les égoïstes, tartufes sans foi, faisant métier de vendre leurs paroles, derrière lesquelles il n'y a pas de conviction. Puis il y a le troupeau, sautant à la mer après l'exemple du premier halluciné. Dans les rangs des fourbes vous avez vu les salariés de l'Empire, coryphées des réunions publiques, prêchant la liquidation sociale, vantant les douceurs de la vie des sauvages

Gaulois, hommes des bois et misérables anthropophages. C'était pourtant le thème brodé par des orateurs, que ce retour à la barbarie des anciens âges. La police impériale soldait ces inepties auxquelles applaudissaient les plus sots des plus sots ; les procès de la police correctionnelle nous ont montré les comptes de quelques-uns de ces agents ; l'incendie des dossiers de la Préfecture n'a pas détruit le reste des charges qui pèsent sur ces gredins, qu'ils le sachent et s'en souviennent.

Vous et vos amis savez la part de la police et celle de l'étranger dans nos dernières affaires ; je n'ai rien à vous apprendre. Vous avez lu et médité les discours des Labourdonnaie, des Chateaubriand, des Villèle, dont les véhémences contre la police sont devenues classiques. Vous ne tolérerez plus les agents provocateurs, cette race perverse et maudite, vouée au mépris public depuis Socrate, en passant par Thraséas et Labéon.

Nous pourrions être aussi d'accord sur d'autres causes de l'insurrection du 18 mars ; tous les deux nous nous entendrions pour blâmer des maladresses, excuser certaines fautes. La situation était difficile ! Paris s'était dévoué, comme vous, Monseigneur, vous dont les mandements patriotiques, vous ont attiré la colère des Allemands et leurs rigueurs. Mais Paris n'avait pas bien vu les choses. Il avait cru aux déclarations de Napoléon III et de ses ministres. Il avait eu foi dans les préparatifs annoncés pour la guerre et croyait que des armées étaient prêtes pour écraser l'ennemi avant son entrée sur notre territoire.

La France était au contraire jetée dans la plus sotte des aventures, sans qu'aucune précaution eût été prise. Les impérialistes essayent de rejeter sur l'opposition la faute de n'avoir pas eu des préparatifs suffisants. Le crime d'avoir déclaré la guerre, alors que nous n'avions rien, incombe tout entier, sans aucune diminution, sans aucun partage au gouvernement impérial. Donc après Sedan nous nous sommes trouvés sans armes ni soldats. La bonne volonté était partout, Orléans, votre ville, l'a montré comme Saint-Quentin, comme Châteaudun. Paris surtout se croyait invincible et il l'était. La famine seule a réduit la ville à capituler. Mais les exhortations du gouvernement de la Défense nationale et les fausses nouvelles apportées du dehors avaient monté les esprits. Toutes les classes de la société étaient unanimes dans un sentiment commun, l'amour de la Patrie, la haine de l'étranger. Cet ensemble s'est manifesté le 18 mars. Pendant que les journaux, gagés par les ennemis du repos public, excitaient le gouvernement à reprendre de force les canons de la garde nationale, la population entière de Paris a refusé de s'unir à un pouvoir qu'elle accusait d'avoir cédé aux exigences d'un envahisseur insolent. C'était une fausse appréciation, mais c'était une illusion patriotique et respectable. Blâmons ensemble l'abstention des bons citoyens, rappelons tous les deux la loi par laquelle Solon ordonnait à tous les Athéniens de prendre parti dans les discordes civiles; mais soyons vrais, et nous dirons que si Paris avait été appelé à se prononcer, il l'aurait fait contre la tentative du gouvernement et se serait rallié aux gardes nationaux de Belleville et de Montmartre. C'était une folie générale poussée à ses dernières limites. Grande et sublime folie, Monseigneur, que celle qui passionne au nom de la France et de ses libertés! Les vainqueurs du 18 mars ne surent quoi faire de leur triomphe. Ils s'en trouvèrent embarrassés à ce point d'abdiquer immédiatement et sans réticences en faveur d'une assemblée dont ils demandaient la formation. La majorité des habitants refusa de prendre part au scrutin, les énergumènes furent élus, la cité fut livrée à l'incapacité, à la folie, aux crimes de la Commune.

Nous ne sommes pas exempts de fautes, reconnaissons-le, nous ne nous en trouverons pas plus mal et l'histoire enregistrera nos aveux, qui seront une excuse pour des crimes dont notre âge n'aurait pas dû présenter le spectacle navrant.

J'ai rappelé ces antécédents, parce que je lisais récemment le traité de Sénèque sur la clémence. Ce philosophe demandait à son empereur de pardonner aux jeunes sénateurs accusés de complots; au début de son travail il montrait comment être clément, c'est être juste, parce que nul n'est exempt de fautes. Je n'ai pas d'ailleurs le désir de vous prier d'intervenir pour les assassins ou les incendiaires. Ces criminels doivent être au ban des nations. La juste sévérité qui les châtira emploiera des formes légales, autrement elle pourrait être dite simple vengeance de parti.

Ce qui m'intéresse et ce qui ne vous est pas indifférent, c'est la grande masse des inculpés, plus, beaucoup plus de trente mille.

Ces trente mille détenus sont pris dans la classe des artisans pour la plupart; ils sont devenus des bouches inutiles, autrefois ils étaient producteurs.

A l'heure présente cause de dépenses perdues, ils étaient autrefois source de richesse nationale. Nombre de ceux qui ont partagé leurs fautes et leurs dangers sont allés hors de France porter leur industrie et leurs facultés.

Paris a perdu sa puissance de fabrication, l'étranger ne l'a pas encore conquise; en attendant que les articles de nos ateliers soient produits ailleurs, les marchandises de ce genre se raréfient, le public s'habitue à en voir hausser le prix; la surtaxe des douanes n'empêchera bientôt plus la denrée de se produire sur nos places. Après avoir été vaincus par les armes, nous allons l'être par la fabrication. Cette défaite sera au moins aussi désastreuse que la première, nos rivaux d'outre-Rhin arrivent pour s'emparer du Marché, prenez-y garde, législateurs de la France ; oubliez des rancunes, soignez l'intérêt de vos concitoyens.

Souvenez-vous du temps passé !

Après les guerres civiles de la Hollande, les manufactures des Pays-Bas avaient trouvé des rivales en France. La soie, le lin, la laine servaient dans nos fabriques à tisser des étoffes supérieures à celles dont Florence avait habillé les Médicis. Les ouvriers de la Flandre, du Zuyderzée, du Hainaut, accouraient dans nos bonnes villes de Lyon, de Tours, de Montpellier. Ils y apportaient leurs doctrines étranges sur la Trinité, les saints, la Vierge Marie et le dogme catholique en général. Toutes nos fabriques devinrent des conventicules religieux favorables au protestantisme. Le P. La Chaise, confesseur de Louis XIV, voulut ramener la France à l'unité de religion. La conversion imposée aux prétendus réformés, leur fut enjointe au nom du roi. Le glaive du souverain fut mis au service de la foi. Les ouvriers désertèrent nos ateliers et s'en allèrent d'abord au désert, où ils moururent de faim et de misère. Les survivants passèrent enfin à l'étranger, où ils portèrent avec orgueil l'industrie qu'ils avaient eue chez nous. Les historiens racontent avec détail les effets de cette émigration. Ils comptent un par un les désastres de nos fabricants, les usines élevées de l'étranger et s'étudient à nous prouver le danger de pousser un peuple au désespoir.

Nous sommes, dans le temps présent, fort voisins d'une proscription générale de nos ouvriers ; prenez-y garde et songez à l'avenir.

En retenant dans les prisons, les trente mille détenus et en les jugeant les uns après les autres, vous menacez les cent mille gardes nationaux qui ont été d'accord avec le mouvement du 18 mars. Les soixante-dix-mille qui ne sont pas emprisonnés seraient insensés, s'ils restaient exposés à être pris par vos agents. Ils fuiront et auront raison, car tous les jours on arrête encore. Ainsi décroîtra notre supériorité pour certains produits industriels. Après deux siècles se renouvellera l'expérience funeste de l'effet des persécutions en masse.

Déjà notre commerce est atteint par les lois fiscales, votées sur la demande d'un Ministre des finances, étranger à toute science d'économie sociale ; prenez garde à ne pas nous achever en privant l'industrie de son personnel.

L'intérêt du pays vous commande donc de faire une amnistie et de pardonner à des hommes égarés, je ne parle que de ces malheureux.

Notez qu'après les premiers moments l'insurrection a eu peu de partisans. Les cent mille soldats sont bientôt tombés à soixante-quinze mille ; ils n'étaient pas trente mille à la dernière heure. Sur le dernier chiffre encore, fort peu se sont battus contre l'armée entrée dans Paris. Dix hommes derrière une barricade, faisant un feu très-nourri, peuvent tenir une division en échec, parce qu'elle ignore à qui elle a affaire. L'inconnu est une terrible chose, avouons-le. Il n'y a pas de déshonneur à confesser les sentiments humains. Or, parmi les détenus, moins de la moitié a été soldat de la dernière heure. Le refus de combattre doit être compté en leur faveur, c'est évident. Il ne leur avait pas d'ailleurs été loisible de se retirer à une autre époque de la lutte. Les uns restaient à leur bataillon, pour y toucher leur solde ; les autres y venaient parce qu'on allait les prendre à domicile, pour les entraîner de force. Les arrestations des premiers temps n'ont aucunement distingué entre les uns et les autres, tous sont pris et retenus. Les juges trieront les innocents et les coupables, je le sais ; mais je sais aussi que ce choix sera tardivement fait, et c'est pour cela que je demande dès à présent l'amnistie.

Comprenez bien, je vous prie, les sentiments de justice et les raisons qui ont dicté les pages précédentes.

Je vous ai dit : Il est humain de pardonner, j'ajoute que la miséricorde est utile.

Je vous dirai en dernier lieu qu'elle est dictée par la plus vulgaire prudence.

Nous savons qui a conduit les Allemands vers les rives de la Seine. Les fils des réfugiés protestants sont venus venger l'exil de leurs pères sur les descendants des complices de cet exil. Depuis Neerwinde et les guerres de Louis XIV, ces proscrits sont nos plus terribles adversaires. Nous les trouvons sur tous nos champs de bataille, dans toutes les luttes des armes, de la science ou de la parole. Ils ont armé l'Angleterre contre nous, contre nous ils ont suscité le monde. Lorsqu'après Moscou les Allemands ont songé à se relever des défaites d'Iéna et d'Austerlitz, les héritiers des protestants français se sont mis à la tête de nos ennemis. Les Thibaud, les Savigny, les Bonnin, les Ancillon et leurs pareils ont aplani les chemins qui ont amené le roi de Prusse à Versailles, et celui-ci les en a remerciés en rappelant qu'il venait les venger de Louis XIV. Grande leçon, pour qui veut l'apprendre !

Monseigneur,

Vous êtes académicien, et à ce titre vous êtes chargé de vous enquérir des mœurs de notre temps. Vous pouvez aller dans les familles des prisonniers, vous y trouverez des personnes de tous âges dont les mérites vous causeront de bien douces émotions. Il y a eu, n'en accusons ni les agresseurs ni les attaqués, il y a eu beaucoup de morts du côté des communeux. Les mères ont été quelquefois tuées à côté des pères, les enfants sont demeurés seuls, sans pain et sans asile, restes désolés de ces races condamnées et exécutées. Cherchez où sont ces pauvres petits, et vous les trouverez recueillis, réchauffés, réconfortés chez la mère d'un détenu, la veuve d'un combattant mort sur la barricade, chez la fille d'un déporté. On se sent les coudes, dans ce monde des pauvres, où l'on pèche souvent, mais dans lequel on est charitable. Un jour, une femme demeurant au sixième d'une grande et splendide maison me parlait des misères de son étage; je lui conseillais de demander des secours dans les appartements de la maison richement occupés. Elle m'en montra l'inutilité, en me disant : « Je ne puis m'adresser à personne ; on ne se connaît pas, ou l'on se connaît à peine sur le même palier. Le premier ne sait rien du sixième, où la pauvreté doit secourir la misère. » Ne croyez pas, Monseigneur, à l'efficacité de l'assistance publique ou de vos sociétés de secours. Le compte des souffrances a été fait, celui des aumônes également. Vous ne rendez pas de services réels, vous le savez bien, et d'ailleurs la charité est impuissante à nourrir un peuple. Le travail seul peut subvenir aux besoins.

Un jour, à propos d'un jeûne forcé qu'elle venait de subir, une jeune fille me racontait les temps de son enfance. « Nous étions, disait-elle, cinq frères et sœurs; j'étais l'aînée. Ma mère en avait assez de nous élever, nous habiller et de préparer les repas. Tout reposait sur le travail du père. Dans la bonne saison, cela allait bien. Nous avions du sel et des pommes de terre après la soupe; même quelquefois la mère y ajoutait un petit morceau de viande. C'était rare, pourtant j'en ai mangé, je m'en souviens. Dans le temps du chômage nous n'avions que du pain et du lait. On achetait pour cinq sous de lait; la marchande y mettait moitié eau sur la propre demande de notre excellente mère, qui ne savait pas comment tromper notre appétit. Cette marchande augmentait quelquefois la ration de lait, par pitié pour nous. On faisait bouillir cette eau mal blanchie et nous nous jetions dessus avec nos petits morceaux de pain. A midi nous mangions encore. Le soir le père pleurait, il n'y avait plus rien, et les plus petits se tordaient dans les angoisses de la faim. La mère embrassait son mari, en le remerciant de n'être pas ivrogne. Elle était gaie naturellement cette excellente mère, au point de cacher ses douleurs les plus poignantes sous une sorte de rire entraînant. Elle savait tous les contes du temps passé; son père les lui avait appris. Pour lui, il les avait lus dans trois ou quatre livres qu'il avait. Ma bonne mère le soir nous disait des contes; la fatigue nous endormait. Au point du jour (le chômage de mon père est en mai et en juin), nous étions debout. Nous sommes petits de taille, minces et fluets, aucun de nous n'est mort de ces misères, et.... souvent nous avons partagé notre pain et notre eau blanchie avec un ou deux voisins, plus malheureux que nous, parce que leurs pères, moins courageux que le nôtre, évitaient de rentrer les jours de paye et dépensaient leur argent au cabaret. »

Or, en ce moment le père de familles pareilles à celle de la personne qui me contait ces choses, ce père de famille est arrêté. La femme n'ose pas le dire, les enfants se cachent et se taisent. Vous ne savez pas ce qui se passe, il faut vous l'apprendre. Les sociétés de charité ont horreur des adhérents à la Commune, je ne les blâme pas ; mais si l'on ne venait pas au secours des misères des enfants et des veuves, tout cela mourrait de faim. Personne ne meurt, les souffrances s'étendent, voilà tout. Dans telle mansarde où jadis étaient trois enfants, il y en a six. La pitance était insuffisante ; elle est devenue plus rare encore, puisque chacun se contente de la moitié d'une demi-ration. Il serait bien de la part d'un évêque d'aller s'enquérir de ces faits, d'en faire le rapport et de montrer à quel point les gueux s'aiment entre eux, comme disait Béranger. Je souris à ce souvenir, cette lueur de gaieté m'aidera à sécher une larme qui coule sur ma joue.

D'ailleurs si vous preniez la peine de parcourir les dossiers, vous y verriez bien des choses.

Le riche sous les draps les plus fins, sous les lambris les mieux décorés n'a pas d'aspirations vers les doctrines égalitaires ; s'il trouble l'ordre, c'est par des paroles bientôt rétractées. Il n'a pas de grands écarts à se reprocher ; en revanche, il a rarement de grands actes à offrir en exemple. Le pauvre au contraire cherche, en se mêlant à la foule, les jouissances que son foyer ne lui donne pas. Mais la foule a ses emportements, comme la mer. L'immensité a des mouvements qui lui ressemblent et ne peuvent pas ne pas tenir de sa nature. Après la trombe orageuse qui a bouleversé la mer et ravagé la terre, chaque goutte d'eau retombe et prend son rang. La plus volatilisée, la plus coupable s'élève sur la montagne d'où elle redescend pour fertiliser les forêts, les prés et les champs, et retourner à la mer, d'où l'orage l'emportera de nouveau vers les sommets les plus escarpés.

Je vous ai montré comment les orphelins des prisonniers avaient été recueillis. Ces enfants sont dignes de votre sollicitude. Ils subissent leur malheur avec résignation et nourrissent leur chagrin en dévorant leurs larmes. Les jeunes garçons et les jeunes filles n'ont jamais été moins vagabonds qu'ils ne le sont en ce moment. On ne les voit plus courir les rues dans la semaine, s'éparpiller dans la campagne le dimanche. Ils ont la gravité de leur situation et réfléchissent beaucoup sur la force qui leur a enlevé leurs pères, leurs frères et à certains, tout à la fois, le père avec la mère, la consolation avec le pain. La tristesse de nos promenades publiques, le silence relatif de nos rues est un enseignement pour tous. Vous qui n'avez rien à apprendre, vous l'aviez compris d'avance ; permettez-moi, cependant, de vous dire que réfléchissant à ce fait, je sens une horreur dont je ne me défends pas, me vaincre et faire dresser mes cheveux. Je songe aux pensées de tous ces pauvres êtres. En avez-vous vu, Monseigneur, venir à vous avec une lettre leur rapportant les quarante sous expédiés à un prisonnier et qu'on leur avait retournés ?

Avez-vous vu couler les larmes occasionnées par ce retour? Avez-vous remarqué combien de rage se mêlait à la juste douleur de ces cœurs aigris?

Ah! tenez, je comprends ce qui se dit dans les familles des détenus et je ne saurais en faire un crime à ces orphelins, à ces veuves dont il importe de calmer les douleurs furieuses.

La prolongation de la captivité des prisonniers est un mauvais moyen de les apaiser. Ces hommes ont été arrêtés au nom de l'ordre réagissant contre de mauvaises doctrines. Il est parfaitement faux que les chefs des insurgés aient eu des doctrines, mais les prisonniers supposent que les membres de la Commune avaient des idées de réformation, ce qui est, je le répète, absolument faux. Les prisonniers se croient donc des victimes d'une persécution de l'ancien monde contre le nouveau. Ils sont là-bas tous ensemble, n'ayant rien à faire qu'à rêver, c'est-à-dire, à enfanter les systèmes les plus absurdes de prétendue rénovation sociale. Ils se parlent de l'avenir; leurs imaginations poétiques dessinent des tableaux plus brillants que ceux de Papéty, des paysages plus frais que la vallée de Tempé, des villes plus belles que la Jérusalem céleste. C'est une tradition de tous les âges que d'avoir de pareils rêves, durant l'isolement de la captivité. Lorsque les premiers chrétiens étaient persécutés, ils s'excitaient dans les prisons à braver les bourreaux, à confesser leur foi. La légende des saints nous a conservé cette histoire, mise en œuvre par des poëtes et célébrée par tous les arts. J'ai relu le dix-neuvième livre des Martyrs de Chateaubriand et je n'y ai trouvé qu'un reflet affaibli de ces encouragements, de ces fiévreux transports que l'on éprouve, quand on se croit victime d'une persécution politique ou religieuse.

La colère est multipliée par l'éloignement des prisonniers de leurs familles. Quand ces malheureux sont assemblés dans leurs dortoirs ou leurs chambres, ils remontent le cours des âges et racontent les histoires anciennes. Jean Hus, Jérôme de Prague, Savonarole sont des noms fréquemment rappelés. La passion de Jésus est elle-même un aliment à ces imaginations malades. Plus vous laisserez ces pauvres gens ensemble, plus la contagion sera grande et plus grand en sera l'effet. Les bouillonnements des masses sont inconnus des autorités supérieures et à plus forte raison des personnes qui sont comme vous dans des sphères tout à fait supérieures. Les prisonniers séparés du monde, sont toujours mécontents et toujours en révolte contre l'ordre social. Les directeurs des prisons ne savent pas distinguer les causes du mécontentement de ces *parias*. Ils englobent tout dans les mêmes données, sans choisir entre les motifs de l'arrestation. Un détenu est un criminel à leurs yeux, ses réclamations sont des moyens usés d'attirer l'attention et ne peuvent éveiller l'intérêt. Tous les accusés ont les mêmes réponses, les mêmes motifs à mettre en avant. L'homme le mieux trempé se blase à ce contact et vous, vous n'entendez pas monter le flot des douleurs, vous ne voyez pas s'allumer les flammes de la vengeance. Or, pendant cet état de siége les plus mauvaises passions sont surexcitées. Les gens que pervertissait la police bonapartiste ont conservé leurs détestables errements. Ils se sont établis comme dénonciateurs patentés. Les prisons, remplies durant la bataille de Paris, ont été vidées après la victoire. Elles ont été remplies à nouveau par les délations dont les auteurs sont connus de leurs victimes. La délation et la trahison ont été encouragées par des gens abusés sur les notions du juste et de l'injuste.

Les lignes précédentes ont été écrites avant-hier, Monseigneur, je viens de les relire aujourd'hui 7 octobre. Demain sera le 8, époque du déménagement des petits locataires. Quarante-neuf sur cinquante, quatre-vingt-dix-huit sur cent des détenus appartiennent à cette catégorie. Les propriétaires, peu flattés d'avoir dans leurs immeubles des partisans de la Commune, ont donné congé aux familles des prisonniers. Le terme échu ne sera pas payé, le déménagement sera facile à faire. Excepté la couchette du père et de la mère, le berceau de l'enfant, tout restera comme gage des sommes dues au propriétaire. Les juges de paix valideront dans quelques jours les saisies-gageries déjà pratiquées. Avant deux mois il y aura trente mille commodes ou armoires de vendues à la criée, par autorité de justice, autant de tables et trois fois plus de siéges, chaises ou bancs.

Un ménage en s'établissant achète son petit mobilier ; c'est un moyen de vivre chez soi et de ne pas être obligé de se mettre en garni.

Plus les meubles sont bien, plus vous avez de garanties que le couple sera laborieux et prudent. Or, demain cette provision de bien-être sera enlevé à trente mille familles ; c'est navrant et c'est dangereux.

Le danger est que les malheureux, ayant tout perdu, n'auront plus aucun intérêt à se réconcilier avec une société qui ne leur fait pas de bien apparent pour leurs yeux illusionnés et trompés par la détresse.

Il y avait tout un poëme dans la chambre nuptiale. Le poêle-cuisine avait chanté les douces heures de la veillée, la lampe avait éclairé de ses lueurs le travail, grâce auquel on avait pu le dimanche s'émanciper un peu et courir dans les prés Saint-Gervais, dans les bois de Chaville ou de Nogent. La cheminée avait sa parure et les murailles gardaient un cadre dans lequel était un diplôme d'une société de secours qui avait reçu, à qui l'on n'avait rien demandé. La vie du ménage était là entière, depuis la couronne de la mariée, jusqu'au certificat de l'église contenant l'acte d'enterrement de l'aïeule chérie, protectrice des amours de ses petits-enfants.

Bientôt les femmes, les enfants, les vieux, dépendant des prisonniers, auront abandonné tous les souvenirs et se trouveront sans asile. Les expropriés de cette sorte seront des loups déchaînés, à moins que par une clémence, dont je vous demande de prendre l'initiative, on ne sache captiver les esprits des prolétaires.

J'ai pris la plume sur cette question d'amnistie, parce que j'ai combattu la Commune dans la mesure de mes forces.

Je vous prie de vous charger de cette cause, parce que vous êtes un homme courageux, éminent par votre savoir autant que par votre énergie. Si vous étiez du parti des communeux, je vous dirais de laisser la parole à un autre; mais vous êtes, vous avez été leur adversaire résolu.

Aucun mot de politique n'a trouvé place sous ma plume. Républicain, démocrate, libre penseur et socialiste, j'ai gardé, par devers moi le secret de mes opinions, mes sentiments sur les affaires de l'État n'avaient point à se montrer ici. Il n'y a entre nous qu'une question d'humanité, n'est-ce pas? et toutes les autres considérations étaient inutiles. Je ne me permettrai qu'un mot. Je ne voudrais pas que notre temps fournît un exemple de plus à l'appui de cette observation de Machiavel, que les gouvernements usurpateurs *se soutiennent par la violence.*

A l'époque de la révocation de l'Édit de Nantes, le clergé français a eu des attitudes diverses. Le nom de Fénelon a surnagé pur de tous outrages. Le digne archevêque, savant, éloquent comme vous, a résisté à tous les entraînements. Il a été bon pour ses adversaires et a conquis plus de conversions que n'en ont jamais faites les dragons de Mme de Maintenon.

Paris, ce 7 octobre 1871.

F. MALAPERT.

Paris. — Typographie Lahure, rue de Fleurus, 9.

9 782019 135904